기획의 말

그리운 마음일 때 'I Miss You'라고 하는 것은 '내게서 당신이 빠져 있기(miss) 때문에 나는 충분한 존재가 될 수 없다'는 뜻이라는 게 소설가 쓰시마 유코의 아름다운 해석이다. 현재의 세계에는 틀림없이 결여가 있어서 우리는 언제나 무언가를 그리워한다. 한때 우리를 벅차게 했으나 이제는 읽을 수 없게 된 옛날의 시집을 되살리는 작업 또한 그 그리움의 일이다. 어떤 시집이 빠져 있는 한, 우리의 시는 충분해질 수 없다.

더 나아가 옛 시집을 복간하는 일은 한국 시문학사의 역동성이 드러나는 장을 여는 일이 될 수도 있다. 하나의 새로운 예술작품이 창조될 때 일어나는 일은 과거에 있었던 모든 예술작품에도 동시에 일어난다는 것이 시인 엘리엇의 오래된 말이다. 과거가 이룩해놓은 질서는 현재의 성취에 영향받아 다시 배치된다는 것이다. 우리는 현재의 빛에 의지해 어떤 과거를 선택할 것인가. 그렇게 시사(詩史)는 되돌아보며 전진한다.

이 일들을 문학동네는 이미 한 적이 있다. 1996년 11월 황동규, 마종기, 강은교의 청년기 시집들을 복간하며 '포에지 2000' 시리즈가 시작됐다. "생이 덧없고 힘겨울 때 이따금 가슴으로 암송했던 시들, 이미 절판되어 오래된 명성으로만 만날 수 있었던 시들, 동시대를 대표하는 시인들의 젊은 날의 아름다운 연가(戀歌)가 여기 되살아납니다." 당시로서는 드물고 귀했던 그 일을 우리는 이제 다시 시작해보려 한다.

기획의 말

그리운 마음일 때 'I Miss You'라고 하는 것은 '내게서 당신이 빠져 있기(miss) 때문에 나는 충분한 존재가 될 수 없다'는 뜻이라는 게 소설가 쓰시마 유코의 아름다운 해석이다. 현재의 세계에는 틀림없이 결여가 있어서 우리는 언제나 무언가를 그리워한다. 한때 우리를 벅차게 했으나 이제는 읽을 수 없게 된 옛날의 시집을 되살리는 작업 또한 그 그리움의 일이다. 어떤 시집이 빠져 있는 한, 우리의 시는 충분해질 수 없다.

더 나아가 옛 시집을 복간하는 일은 한국 시문학사의 역동성이 드러나는 장을 여는 일이 될 수도 있다. 하나의 새로운 예술작품이 창조될 때 일어나는 일은 과거에 있었던 모든 예술작품에도 동시에 일어난다는 것이 시인 엘리엇의 오래된 말이다. 과거가 이룩해놓은 질서는 현재의 성취에 영향받아 다시 배치된다는 것이다. 우리는 현재의 빛에 의지해 어떤 과거를 선택할 것인가. 그렇게 시사(詩史)는 되돌아보며 전진한다.

이 일들을 문학동네는 이미 한 적이 있다. 1996년 11월 황동규, 마종기, 강은교의 첫번째 시집들을 복간하며 '포에지 2000' 시리즈가 시작됐다. "생이 덧없고 힘겨울 때 이따금 가슴으로 암송했던 시들, 이미 절판되어 오래된 명성으로만 만날 수 있었던 시들, 동시대를 대표하는 시인들의 젊은 날의 아름다운 연가(戀歌)가 여기 되살아납니다." 당시로서는 드물고 귀했던 그 일을 우리는 이제 다시 시작해보려 한다.

꿈을 불어로 꾼 날은 슬프다

문학동네포에지 013

염명순 시집

꿈을
불어로
꾼
날은
슬프다

시인의 말

늘 시로부터 벗어나려 하다가 막상 내게서 멀어지는 시의 발목을 가까스로 붙잡은 느낌이다. 그러나 내가 움켜쥐고 있는 것이 시인지 시의 환영인지 나는 아직 알 수 없다.

1995년 10월
염명순

개정판 시인의 말

젊어서 입던 옷을 나이들어 선물 받은 기분이다.
한 시절을 통과하느라 빛바랬어도
절절함과 쓸쓸함, 미숙함으로 이뤄진 세월의 얼룩을
알아볼 수 있었다.
때로는 곤혹스럽게, 때로는 담담하게
한때 나였던 것을 바라본다.
자, 젊은 나여, 너의 미지를 향해 가거라.

2021년 2월
염명순

차례

3부

4부

1부

물푸레나무가 때죽나무에게

이곳엔 슬픔만 울창하여 내가 너에게 자리를 물려주나니
우리 떠난 자리에 강한 산성비는 다시 내려도 너는
자라지 않는 사랑의 낮은 키로 척박한 땅에 뿌리내릴것이라
향긋한 숲의 향기를 이끌고 떠날 곳을 찾지 못한 마음만
자꾸 산중턱에 감기고 다시 비가 오면 메마를 뿌리
거두지 못한 채 산성의 슬픔은 진달래 철쭉의 붉은 위험신호로
깜박이는데 섬뜩한 예감의 핵우산을 쓰고 잿빛 하늘을 나는
아이들의 꿈은 아황산가스로 덮인다
밤마다 벌목꾼의 시퍼런 도끼날 아래에서 베어넘겨지던 창창한 꿈과
수액의 아픔이 온 산을 울리던 시절에도
나뭇잎이 받쳐드는 햇살만큼은 싱그러웠던 아름드리나무의 숲
전설처럼 전해질 때 낮게 포복하며
황폐한 산자락을 움켜쥔 덤불의 산야에서 너 또한
어느 시름겨운 잡초에게 이 산을 넘겨주리니
이곳에 근심이 깊어 푸르지 못한 사랑도 쉽게 시어버리누나

아침 노래

그대에게 가는 길이 보이지 않는다
아직 새벽길은 어두워
하늘 끝에 남아 있는 샛별 하나로 길을 밝히면
신기하여라
문득, 그리운 이름으로 피어나는 그대

그러나 지금
그대에게 가는 길이 보이지 않는다
길은 길 위에 넘어져 눈을 감으며
스스로 길을 끊어 일어서는 절벽에
무엇인가
잠시 어둠 속에 희망처럼 빛나다
이젠 뒷걸음질쳐 물러나
긴 뻘로 덮쳐오는
육중한 이 무게, 이 가위눌림은 무엇인가
밤새 긴 뻘을 꿈틀대며 기어가
절벽에 오르면
아, 오늘의 언덕은 얼마나 높은가

보이지 않는 곳에서
가만히
바람이 불면
그리움의 나무로 흔들리는
작은 씨앗을 심으련다

눈물 없어 메마른 땅에
눈물로 떨어진 뜨거운 씨앗 키우며
척박한 땅의 어깨를 흔들고
어두움의 깊이를 가르는
여리디여린 뿌리
보듬어 안고 싶다

길은 길 위에 넘어져 눈을 감고
어둠이 어둠 위에 넘어져
더 큰 어둠 만들어도
지금 어두운 새벽에
절망보다는 희망이 있어 슬프고
미움보다는 사랑이 있어 마음 아픈
그리운 그대
이름을 불러본다
그러면 그대는
홀로 어두운 새벽길을
빛의 이름으로 걸어와
눈물로 씻겨 말개진 하늘을 보여주며
사람이 사람을 섬겨 아름다운 나라
눈부셔 눈물나는 아침의 나라가 왔다고 말하리

수국이 피는 곳

수국을 기억하세요? 사람들의 발길이 자주 닿지 않는 퇴락한 산사의 마당 한편에 흰색에 가까운 보라색 수국이 피는 날의 고요를. 비구니의 낭랑한 독송이 햇살에 실려 수국 위에 가만히 내려앉을 즈음엔 어김없이 해가 지고 나는 왜 늘 어스름에만 수국을 보았는지요 허전한 마음자리마다 수국이 피는 날엔 내 외로움이 인적 없는 산사의 고즈넉한 연화 무늬 창살을 만들고 꾸밈없이 조촐한 목어가 되어 맑은 물을 거슬러 깊은 산을 오르곤 했지요 그런 날엔 꽃잎들이 불경처럼 내 마음에 가라앉고 한국에 돌아가면 꼭 수국을 보러 가리라 마음먹었지요 그러나 서울에 도착한 나는 수국을 잊고 수국 또한 나를 잊었던지 그사이 몇 번이나 수국이 피고 졌을 시간을 분탕질하던 내가 다시 비행기를 타고 하늘에 올라 내가 살던 서울이 지리부도처럼 펼쳐질 때에서야 수국이 내 눈앞에서 하얗게 흔들렸어요 수국이 피지 않는 나라에서 수국을 그리던 마음이 수국이 피는 나라에서 수국을 잊어버린, 마음이 담담한 사람이 자기 한구석을 비워 그저 수수하게 기르는 꽃, 수국을 나는 언제 고요한 그 길을 따라가 볼 수 있을까요 외로운 마음으로만 볼 수 있는 그 꽃을 수국이 피지 않는 땅에서 다시 기억합니다.

겨울 이야기

겨울은 무척 더디 왔다 상수리나무에서 한여름의 기억이 뚝뚝 상수리 열매로 떨어져내린 뒤 오빠는 잘 마른 참나무 장작을 패기 시작했다 장작을 아궁이에 넣으면 금세 환하게 타오르는 유년의 저녁 구들장을 타고 오르던 눅진한 솔가지 향내에 자주 눈꺼풀이 덮여오던 두리반가에서 겨울에도 두릅 새순처럼 솟아나던 아이들의 이름을 뭐라고 지을까 그해의 가장 추운 겨울은 추녀 끝의 고드름으로 얼어붙고 갈무리할 추억조차 없는 사람들은 외투를 두껍게 껴입고도 추웠다 얘야 개미와 베짱이의 이야기를 알고 있니 허기진 베짱이가 눈 속을 헤매며 그토록 갈망했던 것은 한여름의 노래였지 개미의 식량은 아니었어 그러나 여름에 부르던 노래의 기억만으로 배를 불릴 수 있다는 사실을 베짱이가 몰랐던 게야 베짱이가 개미에게 구걸을 하고 있는 동안 창고에 가득 쌓인 베짱이의 노래는 상심한 나머지 낮은음자리표로 온 세상을 하얗게 덮어버렸고 결국 다음해 여름이 돌아왔어도 베짱이의 아름다운 노랫소리를 다시는 들을 수 없었다는 그런 이야기 동화책 삽화에서 보던 키 작은 아이들은 장갑을 끼지 않고도 눈사람 가족을 만들고 아침에 일어나 쨍한 겨울 햇빛에 녹아버린 눈사람을 보며 울음을 터트리던, 거짓말 같던 함박눈 위에 내가 찍어놓은 눈꽃 무늬를 찾아 단숨에 달려가다보면 어느새 겨울은 추녀 끝에서 뚝뚝 물방울로 떨어져내리고 내 유년의 눈꽃 무늬는 보이지 않았다

가족사진

감꽃 만발한 감나무 아래
해사하고 젊은 엄마
일곱 살인 나는 마냥 즐겁고
이젠 고인이 된 아버지도 그곳에
아침마다 잠을 깨우던 동해 바다
파도 소리마저 언뜻언뜻
빛바랜 가족사진 속
감꽃 향내만큼 설레며 묻어나고
창을 열면 저물도록
바다 냄새가 났다

파도는 살갑게 제 거품을 핥으며 밀려오고
입술을 깨물어 토해내던
붉디붉은 해당화 꽃길 따라
저물던 여름, 우리 가족들
아직도 거기서 반짝이고 있는지
밤마다 멀리 밤바다로 떠나는
오징어잡이 배의 깜박이는 불빛 바라보면
나는 공연히 서러웠다
해소 기침 심한 아버지를 따라
바닷가를 떠나던 날
동배 푸른 바다는 흰 손수건을 흔들며 따라오고
식도를 타고 오르다 머리채에 감겨오는
비린 해초 내음에

끝내 흐느껴 울다 잠이 든 밤
가족사진 위로 하나둘
감꽃이 지고 있었다.

봄날엔

봄날엔 모두
하늘로 오른다
땅속 깊은 곳에서 쭈욱 물 빨아올리고
새싹 틔우는 나무들
그 나무들 위로 아지랑이 비행기 새 들이
가뿐하게 두 팔 들고 비상하고
거친 바람 따라 밀려온
세상의 온갖 휴지 쪼가리나 쓰레기들이
구겨진 채 흙 묻은 채 밟혀 동강난 채
빙그르르 돌고는 겨드랑이에 날개를 달고
승천한다
살아 처음으로 높이 올라간다 어지럽게
우러러보이는 하늘 높은 곳
닿을 수 없는 푸른 속까지

비 그친 뒤

낮잠 사이 언뜻언뜻 빗소리 들리더니
온통 뿌연 꿈길을 헤매다
물안개를 걷으며 부산한
세상의 저녁 길을
노란 우산을 든 아이들이
재재거리며 지나간다
내게도 아이가 있으면 꼭
노란 우산을 사주리라
내 안에 고인 웅덩이 물을
탁탁 튀기며 지나가는 아이
고인 빗물은 따뜻하다
하나둘 불을 켜는 어머니의 집에서
아직 움트지도 않은 아이가
우비를 벗는다

고양이

고양이가 달려온다
자정 넘어 커튼 걷으니
내 창에서 퍼지는 불빛 보고
길 건너에서 고양이 한 마리가 달려온다

휴가철에 누가 버리고 떠났는지
몰골도 흉한 고양이는
내 방 창 밑에서 벽을 툭툭 치며 운다

제 안에 부드러운 털을 지니고도
홀로 깃들어 잠들 수 없다는 듯이
애원하듯 구슬피 나를 쳐다보며 운다
단단한 유리창을 마주하고
고양이는 얼마나 오래도록 꿈꿀 것이냐

감싸안을 수 없는 괴로움 따위
이미 오래전에 눈감아버린 모진
세월 겪고 난 뒤 빈자리에
아린 입술 비비며
매일 밤 억새풀 숲에서
꽃들은 제 슬픔을
가장 붉은 빛깔로 삭일 때
외로움도 쓸쓸함도
가을 들판의 야생화처럼

온 천지에 무성하리니
이제는 돌아가
자신의 상처를 혀로 핥아야 할 시간
더 큰 어둠을 등에 지고
절룩거리며 천천히
사라져가야만 할 시간

불꽃

누가 내 이름을 부른다
부를 때마다 뒤돌아보고픈
그리운 사람은 어둔 하늘에서
불꽃으로 흩어지고
그해 칠월 큰물 들어
차오르던 남한강변에 자주
마른 갈대처럼 쓰러지시던 어머니
장마철 습기는 끈끈하게 감겨들고
언니가 쓰다 만 그림물감과 화구통 위에
불은 잘 붙어주지 않았다
거짓말 같게도 언니는 왜
스케치북 맨 첫장에
열아홉 자화상을 그리고 떠난 걸까
거울을 앞에 놓고 낯선 죽음을 보듯
섬뜩섬뜩해지는
불꽃은 드디어 탁탁 소리를 내며 타오르고
처녀귀신이 무섭다고 일찍 빗장을 잠근
마을길, 밤하늘 위로
흰 옷자락 흔들며
초혼의 넋 거두어가는 소리로
불꽃은 멍울멍울 터지며
사그라들고

꽃게

고백하건대 그리운 사람들
그대들은 모두 나의 상처였다
그대들 작은 떨림에도
나는 자주 뒤척이고
나뭇잎 부딪는 소리에도 잠이 깼다
황망히 떠나온 깊은 가을에
사람들은 닿을 수 없는 거리로 멀어져가고
가을꽃이 다 지기 전에
나는 바다로 가야 한다

수상한 시절이다 문을 닫은 채
뻘 속에 몸을 숨기는
조심스런 갑각류의 습성으로
나는 너무 오래도록 슬픔의 집에 칩거했으니
옆구리에서 서서히 빠져가는 썰물 따라
우리 슬픔도 한세상을 살다 또 그렇게 가고
아물지 않는 깊은 상처를 등에 지고도
훈장처럼 찬란하여라
아름다운 상처의 날들
열어 보이기엔 너무 연한 속살의 아픔,
그 깊숙한 곳에 닿기 위해
얼마나 더 헐벗고 부서져야 한다는 것이냐
꽃게여

작은 새

새가 날아와 앉는다
플라타너스 잎사귀에
사뿐 내려앉아 그 작은 것이
떨어지지도 않고 제 몸 가누다
머리를 빗으며 들여다보는 내 거울 속
하늘로 날아오른다
제 앉았던 자리
연한 이파리 하나 다치지 않고
날아가는 새의
하늘은 얼마나 푸른가
가볍게 떨리는 바람결 햇살을 가르고
작은 새는 가만히 솟아오른다

저 햇살은

저 햇살은 내게 선전포고를 한다
나는 너보다 힘이 약해
힘없이 중얼거리는 나의 입을
햇살이 틀어막는다
누구에게나 어둠은 있는 법
고여서 깊어진 어둠의 참호에서
내가 두 손 들고 나올 때
햇살은, 잔인한 저 남불의 햇살은
백병전으로 맞붙어 싸우자고
나를 쓰러뜨린다
으윽, 제발 나를 놓아줘
내 속의 깊디깊은 슬픔의 암세포가
적외선 촬영으로 마구 찍힌다
햇살의 망에 갇혀
부끄러움마저 투명해지면
나는 결국 백기로 흩날리리라, 이 가을에

눈사태

그대의 무너지는 소리 듣는다
눈 그친 겨울 아침, 빈 들로 밀려오는
그대 발자국 소리 듣는다
큰 소리로 외치지 않아도
고요히 쌓여 산을 이룬
엄청난 저 사랑의 부피를 보아라
한 계절 꼬박 슬픔의 바람맞이에 누워
그대가 지켜온 것은 무엇인가
숨죽여 지켜온 기나긴 버팅김의 자세를 풀고
조금씩 내게로 번져오는
그리움의 맑디맑은 햇살 속으로
무너지고 쏟아지며 그대는
혁명의 그날처럼
평등의 저 눈부신 흰빛으로 덮쳐온다
펄펄 살아 뜨거운 우리 사랑도
오늘 하루 알몸으로 나서면
부둥킨 시린 살갗마다
새 살, 푸르른 소리 듣는다

2부

비눗방울

비눗방울이 난다
산동네 좁은 골목길
야트막한 담장 위로
꺼질 듯 꺼질 듯
하얗게 퍼진다

키 작은 가시내
함지 가득 하이타이 풀어놓고
때묻은 옷가지 옆에 밀어두고
짧은 치마 나풀대며
춤추듯 사뿐사뿐
빙글빙글 돈다

가볍게 흔들리며
끝없이 피어오르는
동그랗고 작은 밥풀꽃.

김장 1

우리 잠시 고단한 머리 기대고
숨죽인 배추처럼 누워 있다가
햇빛 좋은 늦가을
동네 가득 싱싱한
미나리 풋내로 만난다
노란 쑥갓꽃 속에
눈물 어린 파다발 속에
고개 들고 일어나는 안타까운 몸짓으로
이 오랜 그리움 하나로
우린 만난다

어긋난 세상사도
아낙네 서러운 팔자타령도
수북한 무채로
반듯반듯한 깍두기로 썰려갈 무렵
모진 겨울일수록
살 비비며 키워내는
못난 우리네 사는 맛은 있다며
함지박만하게 입을 벌려 쌈을 먹고
오랜만에 우린
무 속처럼 환하게 웃었다

김장 2

속속들이 벗기우고 잘리우고
연한 고갱이마저 빼앗겨도
속잎 갈피갈피 쏟아지는
뜨거운 숨결,
든든한 믿음만으로 살아왔어요
생살 찢어 고춧가루 뿌리고
굵은 소금으로 비벼대는
아으, 이 크나큰 아픔
그러나 오직 아픔의 흔적만으로
목숨 지켜온 당신들이
고개 떨구고 내게 올 때
보세요, 비명 한마디 없이 사라져간
이 세상 여리디여린 풋것들이
싱싱한 배추 줄기로 되살아남을
빈 들을 달려와 살을 에는
이 모진 추위 속에서
씹혀도 당신 가슴 그 징한 곳에 오롯이 남아
한겨울을 너끈히
붙들고 일어서네요

김장 3

땅을 판다
땅은 제가 산 모진 세월을 쉽게 울지 않아
속살 보드라운 가슴을 열기까지
그 안에 항아리를 받아 안을 때까지
삽날 팍팍하게 밀어젖히다
땀방울이 이마를 타고 흐를 때에야
비로소 동여맨 고름을 풀어줄 줄 안다

무엇이든 추운 겨울 동안
곰삭아 머리 숙일 줄 모르면
진한 향기 물씬한 진국이 될 수 없다며
오랜 세월 걸러내고 걸러내
맑은 물로 우러난 젓갈, 그 깊은 맛으로
혀끝에 퍼지는 알싸한
그리움으로 서로를 껴안아
속 쓰린 추억조차 차곡차곡
담아낼 줄 아는 넉넉한 오지항아리
숨쉬며 익어갈 깊은 사랑 하나를
둥글고 따뜻한 햇덩이 하나를 묻는다

춘화도 1

그리움은 멀리서 깨금발로 온다
성치 않은 몸 가누며
독하게 살아야지
앙다문 입술은
라바울 밤하늘에 초승달로 뜨고
밤마다 꿈은 늘
수평선에서 파도쳐 밀려와
별빛 해쓱하도록
소스라쳐 피어나는
'황국신민 어여쁜 반도의 딸들'

어머니, 어머니 울며 떠난 정신대
군홧발에 허리 꺾인 도라지꽃이라며
가도 반길 이 없는
화냥의 모진 비웃음 속에
밤마다 꿈은 늘
정갈한 무명치마
산 첩첩 적막한 날 어느 오후
고향길 실개천 돌아
어머니 하고 부르면
잠이 깨고
환향의 미칠 듯한 그리움만
들불로 번져갑니다

춘화도 2

비가 온다
페튜니아 하나
잎맥을 우산살처럼 쭈욱 펴들고
엎드려 안간힘 쓰며
하늘을 받쳐든다
덧분 진하게 바르고 불을 켜는
바람난 시절의 헤픈 웃음 위로
비는 내리고
이태원에서, 미아리 텍사스에서
여보세요, 저는 잡종입니다
얇은 잎맥을 파르르 떨며
페튜니아 하나
비를 맞는다

한국 근대 여성사

목숨이라 하자
새벽길 흰 버선으로 밟고 간
고요한 떨림의 여린 발자국 소리라 하자
우리 큰애기 가슴에 비수 품고 떠나던 고향길
갯패랭이꽃 정다운 강가에 서서
뒤돌아보면 흩어지던 울음
이를 악물고
징검다리 건너다 주저앉아
우러르던 하늘, 하늘이라 하자
허기져 흙손으로 파먹던 쌉쌀한 생감자의
배앓이 끝난 뒤
휘청이며 일어나
가르마 반듯하게 다시 타고서
엉겅퀴 쑥부쟁이 수풀 속으로
붉은 댕기 휘날리며 걸을 때마다
뚝뚝 떨어지던 선홍빛
핏방울이라 하자
차라리
새벽길 흰 버선으로 밟고 올
순결한 목숨이라 하자

널뛰기

햇살이
겨울 햇살이
목덜미도 화안하니 네 고운 잔등에
엷은 살비늘처럼 반짝이며
내려앉을 때
너와 내가
한 장의 널을 놓고
숨가쁘게 오르내리는
어화 둥가
그리움의 양편
흰 자갈 구르는 소리
문득, 우수 지나 강물 풀리는 소리
흘러 네게 가야 할 내 벅찬 사랑보다
절절한 네 눈빛보다
앞서 와 길을 막는
단호한 발구름 아래
어화 둥가
마주보고 높이 솟구쳐도
아직은 잡지 못하는
햇살처럼
겨울 햇살처럼

지하철은 달린다

쿵쿵거리며 예감처럼
지하철은 달려온다
그대가 기다리는 모든 역마다
달려와 문을 여는 지하철은
백마 탄 기사처럼
그대를 데리러 온다

레일이 울리고 전광판이 깜박이면
지하철이 가까이 왔다는 뜻
그러면 그대는 다소곳해지리라

지하철은 당당하게 다가와
안전선 밖의 그대를 집어삼키고
달린다
더듬이를 곤두세우고
뻥 뚫린 굴속으로

사랑의 자세

우리 시대에 사랑의 자세만큼 어설픈 자세가 또 있을까, 메아리 없는 산을 알고 있다는 그대의 편지를 받습니다 그대의 사랑은 깊은 산 어디에 똬리 틀고 있다 봄이면 일제히 핏빛 꽃 무더기로 피어오릅니까 꽃이 졌다 피는 일처럼 그대의 사랑 담담해지면 그대 숫된 사랑도 어여쁜 첫눈처럼 버팅기는 마음 풀어 낮은 겨울 하늘에 날리다 쌓이고 스러져 겨울 산은 더욱 깊은 줄 우린 모두 알고 있듯 봄이 되고 여름 오는 소식 푸르고 아린 입술 비빈 뒤 불쑥 웃자란 신록의 이름으로 띄워보내리라 믿으며 우리 시대의 사랑의 체위는 마냥 어설프지만 그대 시름도 사무치고 사무치다보면 맑은 눈 틔우고 어설퍼서 애틋한 사랑일 터인데 부디 그대 좌절의 한구석이 내가 아니기를…… 춘설이 분분하여…… 이만 총총.

조난기

나는
이 도시에서 조난당했다
안전이란 얼마나 좋은 것이냐
그렇게 조심을 했건만
끝내 도시는 나를 버린 게다
대열을 따라 묵묵히 걸어왔건만
그 흔한 보험 하나 들지 못한 나를
도시는 분명 비웃은 게다

도시는 제게 이르는 모든 길을 차단한 채
단호한 옆모습으로 돌아누워버리는데
가파른 빌딩의 능선을 타고
얼어붙은 잔설 위에 발자국 찍으며
홀로 만나는 고요
홀로 만나는 죽음
문득, 가던 길이 끊어져 돌이킬 수 없는
내 생의 구조 신호는
잔고가 바닥난 내 은행 계좌의 비밀번호
이미 오래전에 잊어버린 당신과 나의 암호
길 없는 산에 길을 만드는 다급한 짐승처럼 가다보면
기력이 쇠잔하도록 도시를 버틴 사람들이
어두운 거리 곳곳에
흰 고사목으로 서 있었다

부처와의 대화

부처가 가부좌를 틀고 텔레비전을 보고 있다
헤이, 부처 말 좀 해봐
백남준이 익살스럽게 말을 건다
그러나 당신도 알다시피 불상은 말을 할 수 없다

요셉 보이스전을 보러 가려고 탄 전철에서
내 앞에 앉은 한 프랑스 할머니는
흰 손수건으로 연신 눈물을 닦아내며 울었다
알 수 없는 슬픔이 센강을 건너는 사이
남미의 무명 악사가 팬플루트를 불다 내렸고
루마니아 거지가 동전통을 내밀며 지나갔다

나는 직업도 돈도 거처도 없습니다

요셉 보이스는 말한다
모든 사람은 다 예술가다
그가 한때 서독의 녹색당원이었다는 사실보다
눈이 빨개지도록 혼자 소리없이 울던 할머니의
흰 손수건이 더욱 의미심장하다고 생각하는 동안
보이스가 백남준과 함께 참가한
카셀 도큐멘타전 기록 필름이 돌아간다

부처 할말이 없어?
백남준이 계속 치근댄다

부처는 아무것도 나오지 않는 텔레비전을 보고 앉아
있다
헤아릴 수 없는 슬픔이 검은 텔레비전 화면을 덮는다
그러나 당신도 알다시피 불상은 텔레비전을 볼 수 없다

돼지의 해탈

털 뽑힌 돼지머리가 정육점에 걸려 있다 웃는 듯 우는 듯 죽음이 주는 여유, 고통의 절정에 이른 엄숙함인 듯 때로 고사상에 오른 돼지머리를 보며 미륵반가사유상의 형언키 어려운 표정의 절제를 떠올리기도 하는데 그러면 돼지가 죽음을 달관한 것이냐 제 죽은 몸을 부위대로 베어내 몽땅 보시하고 해탈한 것이냐 야릇한 미소 하나쯤은 남기고 싶다는 돼지의 뜻이나 저 시뻘건 냉동고의 커다란 아가리에 나도 어느 날 불쑥 머리를 들이밀고 나는 어떤 낯선 표정의 죽음일까 헤아리며 정육점 앞을 서성이는 내 발자국에 고이는 봄날의 고요. 나는 불현듯 저 돼지에게 나를 들켜버린 것 같아 두렵다 죽은 사람이 자기가 죽은 줄도 모르고 저녁이면 자기 방으로 돌아와 불을 켜고 저 혼자 환하게 세상을 다 보는 투명함이여, 와르르 쏟아지는 봄빛에 벚나무마저 제 붉은 살점을 흐트러트리는

위독하신 어머니

실업의 대낮에 아침 내내 읽은 신문을 다시 읽는다 경원아 돌아와라 어머니가 위독하시다 와서 얘기하자 심인란의 문구도 되풀이해서 읽으면 암호 같다 그 엉킨 암호 속에 어머니가 누워 계시다 어머니의 기침 소리가 어둔 방을 울리고 돌아오지 않는 아들의 발자국 소리가 어머니의 가슴을 밟고 지나간다 세상의 모든 길은 어머니의 안방으로 통한다 화단의 백일홍 나팔꽃 시든 자두나무까지 어머니의 안방으로 목을 뺀다 지친 발들 돌아와 눈물 떨굴 때 몸져누운 어머니는 일어나 청솔가지 매캐한 연기 피워 다순 밥 한 그릇 지어 먹이기라도 할 것을 아직 돌아오지 못한 자식이 있고 집 떠난 아들이 있어 어머니는 모두 위독하시다

심학규 1

인당수엔 물안개만 자욱하더라
청아, 울며불며 네가 가고
그 매섭던 겨울이 가고
죽은 여인의 무덤이 둥글고
보드라운 젖가슴처럼 솟아오르는
꽃샘바람 어여쁜 올봄엔
담장 옆에 꽃 한 송이 심어놓고
귀기울여 물 흐르는 소리 듣는다
담 모퉁이엔 아직 네 울음소리 흩어져
밤마다 사립문 서성이는
그리움과 회한의 목 메인 귀곡성은
제 설움에 겨워 머리 풀고, 여기는
살아갈수록 첩첩한 불명(不明)의 땅이다
속쓰림과 헐벗음, 오랜 외로움 같은 것도
지팡이 하나로만 짚어온 길이건만
이상하다, 왜 내게는
살아온 날들만 보이는 것이냐
나는 자주 작은 도랑 앞에서도 막막하다

헤어나지 못해 몸부림치는 물살에 실려
돌아보면 쓰러지고 넘어진 그 자리에서
다시 시작하는 사랑이여,
네가 결국 걸림돌이었구나

심학규 2

불현듯 등이 젖는다
네가 모질게 등이 밀려
깊은 바다에 떨어지자
풍랑은 더욱 심해지고
해초는 엉켜들어 우리 목을 조른다
깨워다오 이 꿈을
우린 모두 눈뜨고 싶다

심학규 3

때로는 오랜 항해에서 돌아와
뭍으로 오르는 사람들의 지친 어깨 위로
후드득 날아오르는
물새떼의 눈부신 비상이 보고 싶었다
도화동 냇물 풀려
억새 우거진 방파제를 홀로 걸으면
물안개에 젖어 멀리서
그리운 사람은 온다
제 작은 가슴으로 거친 바다를 껴안고
성난 파도를 잠재우며
소담스럽게 벙글어 큰 꽃 이룰 그날
비로소 눈을 뜨는 광명 천지 좋은 날에
지친 사람들의 어깨를 치며
후드득 솟아오르는
가장 빛나는 깃털의 새를 보고 싶다 청아

심학규 4

도처에 집이나 나는
집에 닿지 못한다

저물어 불을 켜는 집집마다 아직
그리움이 있으니
나 여기 살아 있구나

길 떠나 노중에 있다
부디 문을 잠그지 말라
봄인 듯 뒤돌아보았더니
어깨를 치고 가는 서늘한 계절에
가도 닿지 못하는 집은
멀리 있어
더욱 아름답고

나보다 먼저 달리다
넘어지는 마음만
봄이 되고 겨울도 된다

심학규 5

잡초는 매일 밤 무성하게 자라나
기억을 호미 삼아 어둠의 이랑을 맨다
돌부리에 걸려 이루지 못한 나날의 안타까움이여
식은 밥덩이처럼 목에 걸려 넘어가지 않던
속 쓰린 상처끼리 저녁연기 올리며
가버린 날들아 꿈결 같았더냐
배추 고갱이 겹겹이 싸안으며
누가 나 대신 목숨을 버리고 간 한 시절을
연명한 목숨 또한 치욕이라 말하지 않으마
다만 우리 살아온 쓰라린 풍경을 비우고 난 뒤
그 풍경 속에 아픈 얼굴들을 묻고
죽도록 그리워하다 꿈만 꾸다 가느냐
때로는 꾸고 싶지 않은 꿈이었으리

3부

낯선 곳에서

낯선 곳에서 하룻밤
가숙의 성긴 잠 속으로
별빛은 쏟아져 베갯잇에
잔잔한 꽃무늬를 수놓는다
그 꽃길을 따라가면 어린 시절
강둑으로 지나가던 흰 상여
상두 소리 구슬픈 긴 강이 흐르고
괜스레 눈시울 적시며 가만히 손을 펴서 바라보던
손바닥의 손금들 이리저리 얽힌
가늘고 여린 선들 따라
하늘에 그려진 별자리 따라
나 오늘 여기까지 왔으나
지도를 보며 찾았어도 끝내 찾지 못한
추억의 성이여
문 굳게 걸어 잠그고 보이지 않는 전생의 마을인 듯
낯선 곳에서 나는 길을 묻고
내 운명의 별자리 위에
고단한 몸 누이고
잠시
반짝이다 가리라

국경을 넘으며

나는 내 인생을 여행하지도 않았으며
정박하지도 않았다
단지 입회했을 뿐이다
삶의 경계를 지날 때마다
철책이 쳐지고 그 앞에서 무너지던 것이 나였음을
증거했을 뿐이다
와르르 부서져내리며 나는 알았지
사는 건 끊임없이 경계를 허무는 연습이란 것을

그러나 때로는 진부한 행복의 카탈로그를 펼쳐들고
쇼윈도처럼 번쩍거리며
나도 삶을 속이고 싶었다 유혹하고 싶었다
설렘을 가장한 채
오래된 역사에서 낯선 행선지를 향해
기차를 타고 스쳐가면 그뿐일 거라고
차창 밖의 무심한 풍경처럼 가볍게 흔들리면서
풍차가 도는 어느 아늑한 농가에서 튤립을 기르는
꿈 한번 꾸어도 좋으련만

끝끝내 속지 않겠다고
국경을 넘을 때마다
혼곤한 나를 흔들어 깨우며
신분증을 대조하는
차가운 얼굴

나무처럼

두고 온 고향은 아름답지 않았다
그리움도 지나면 한줄기 강으로나 흐를 것을

가론강* 가에 발 담그고 머리 푼 버드나무 가지
휘늘어지도록 때로는 살아온 날들이
힘겹게 아래로만 처지고
서둘러 소실점으로 사라지기 위해
길은 황금색으로 물든다

그러나 한때는 얼마나 폭풍우쳤던가
한낮을 가로질러 크게 두 팔 벌리고
한마디 외침도 비명도 없이
그렇게 활활 타올라 분신해버린 쇠잔한 세월

이제는 검게 그을려 뚝뚝 부러지는 굵은 획으로
검초록의 그늘 밟고 고요히 서서
너무 많이 산 늙은 나무처럼
나이테를 목에 두르고
오래 침묵하는 나무처럼

* 가론강: 프랑스의 툴루즈 시를 흐르는 강.

바다

밤에는 지중해에서 소금기 섞인 바람이 불어왔다 툴루즈의 빛바랜 붉은 벽돌집마다 산수유나무는 열매 대신 소라등을 환히 밝히고 파도 소리에 귀기울이다 잠을 설치곤 했다 냄새만으로 다가오는 바다. 때로는 모습도 보이지 않는 이들이 냄새 속에 살아오기도 했다 김치 냄새, 마늘 냄새, 장아찌 냄새, 찌든 냄새, 떨어져 오래 산 사람만이 맡을 수 있는 냄새들이 밤마다 바다에서 실려왔다 우리가 잠든 도시의 창을 열고 불 밝힌 다른 집 창을 찾을 때 먼바다는 한 소쿠리의 비린내로 안겨오고 밤새 머리카락 사이로 파도치며 넘실대다 아침이면 하얗게 살비늘로 떨어져내리곤 했다

프랑스대혁명 200주년 축일에

그날의 함성처럼 폭죽이 터졌다
닫힌 바스티유 감옥 문을 빠져나오던
자유의 저 설레던 창이 열리고
쏟아지는 색색 종이들
다시 한번 여윈 어깨 위에
찬란한 불꽃으로 솟을 수 있을까

밤새워 판화를 찍던 억센 손마디
날 선 곡괭이가 무기보다 무섭다는
교훈은 돌에 새겨져도
자유와 평등 박애의 이름으로
쓰러져 묻힌 어진 넋들
영원히 잠든 것일까 혁명은
끝나고 축제만 남은 쓸쓸한 축일에
어지럽게 날리는 오색 색종이
포도주 잔을 부딪히던 행복한 사람들은 잠이 들고
볼을 타고 내리던 뜨겁던 눈물의 기억 지우며
흑인 청소부 하나
바스티유 먼길 가로수 따라
천천히 쓰레기를 치우는 오늘밤에

카페 아르뷔스트

카페 아르뷔스트 앞에서 소나기를 만난다 불어로 관목이란 뜻의 이 카페를 지나며 가끔 '아 르 뷔 스 트' 하고 소리를 내어 천천히 발음하면 작은 나무들로 무성한 수풀이 우수수 흔들리는 소리가 나고 동시에 하늘의 별들이 그 수풀 위로 쏟아져내리는 느낌으로 친숙해진 이 카페 앞에 서서 비를 긋는다 우산을 들고 바삐 걸어가는 사람들의 우산살에 빗방울이 물음표로 매달렸다가 그들의 알 수 없는 저녁 속으로 ? ? ? ? ? 똑똑 떨어져내린다 누가 이 도시에서 카페 아르뷔스트로 가는 길을 묻는다면 나는 말없이 하늘의 별들을 가리켜주리라 어떻게 별들은 길을 잃지 않고 밤하늘을 헤쳐가는가 만약 당신이 카페 아르뷔스트에서 나를 만나자고 한다면 내 눈앞이 온통 인동덩굴이라 나는 당신을 찾을 수 없을 것만 같다 늪지의 달개비꽃처럼 줄기를 누르면 진한 보라색 물이 주르르 흐를 것 같은 저녁에 비가 잦은 지중해성기후의 이끼 낀 기억은 금세 웅덩이에 고이고 우산 끝에 잠시 눈물처럼 맺히는 것들, 그리고 뿌옇게 흔들리다 사라지는 것들, 카페 아르뷔스트, 들어갈 수 없는 이 도시의 관목숲.

파리의 우울

—정님에게

편지 쓰고 싶었는데 지껄이고 싶었는데
깨어보면 우리는 각자의 모국어로만 떠들어대고
떠나온 거리만큼 멀어진 하늘 아래
오늘도 개양귀비 마른 갈대 우거진 들판을 가로질러
산책을 한다 때로는 책장을 넘기듯
하루 이틀 일 년이 사각사각 지나가고
잠 깨인 겨울 아침 밤새워 쌓인 함박눈을 보면
차오르던 기쁨과 놀라움으로 손잡고 싶던 사람들
보고 싶다 보고 싶다 편지를 보내면
주소 불명으로 돌아오는 어스름
여윈 어깨에 외투를 걸치고 황망히 스러지는
저녁노을 따라 또 하루가 저문다

가론강을 건널 때

가론강을 건널 때
내가 너무 많이 흐른 건 아닐까 하는 생각이 문득
누가 나를 여기에 떨구고 간 건 아닐까 하는 생각마저
지도는 찾아보지 않았지만 이 강이 지중해로 흐른다면
나는 어떻게 집에 닿을 수 있을까 깊은 잠을 흐르는 강물 소리 이건 요단강이다 요단강 나는 너무 젖어서 가면 오지 못할까

아직나는집을허물고다시짓고또허물기위해혼자강가에서저물고있는걸까어두웠으니얘야돌아가거라안돼요얼마나더무너지고일어설수있는지알때까지는저물어캄캄한어둠이될때까지는모래집이더이상보이지않는세상의등뒤로또부서지는소리가들려요일어서며다시부서지는내가어둠의눈으로어둠을볼때까지는

그런다고네가너의바닥에라도닿을줄아느냐너는네안에갇힌타인의영토

지도는 찾아보지 않았지만 이 강이 지중해로 흐른다면
아득한 내가 강 저편에서 저물지 않는 사랑의 편지를 쓰다
그만 그 편지에 얼굴을 묻고 울어버리는 건 아닐까
이곳이 너무 환한 햇빛이라 나는 더욱 깊은 당신 그늘에서 시든 꽃잎으로 떨어지고 있는 건 아닐까

어느 쓸쓸한 저녁에 등을 기대고 강변의 달맞이꽃처럼
어두워 밤을 지새고 싶다는 생각이
가론강을 건널 때마다 그렇게 문득문득 애틋하게 내가
너무 멀리 흐르지나 않을까 두려운 것을

만약 당신이 안다면……

체르노빌

복숭아 꽃잎이 흔들린다
황사 자욱한 러시아 평원
체르노빌 주변의 위험 지구에서

우린 정말 떠나고 싶지 않습니다
프랑스 국영 TV 인터뷰 도중
농투성이 얼굴 붉은 할아버지는 울음을 터뜨리고
보잘것없는 살림살이는 트럭에 실려졌다

어디로 갈 것인가 봄이 와도
꽃 한 송이, 벼 한 포기 심을 수 없는 이 오염의 땅,
한때는 무성했던 밀과 보리의 푸르른 추억 다 버리고
가야 한다

그러나 아직 정결한 들녘에
감자꽃 마음놓고 피어날 수 있을까

출입금지의 철조망 안에서 포클레인은
불모의 땅을 갈아엎고 폐농을 쓰러뜨리고
이제 곧 우리의 잠자리를 덮쳐오리니

정든 땅을 뒤로하고
이렇게 모두 사라지는 게다
어느 날 이곳에서의 우리의 사랑도 죽음도

핵가스 핵먼지에 목이 졸린 채
고요히 넘어가 이제는 들리지 않는
저 아득하고 슬픈 러시아 민요처럼

쓸쓸하게 바람은 불어오고
모두들 떠난 빈 들녘에
마지막 남은 복숭아나무 한 그루
죽음의 열꽃으로 붉게 타오르고 있었다

유리 닦기

유리를 닦는다
툴루즈에서도 가장 아름다운 석양을 볼 수 있다는
프라데트, 내 방 유리창을
매일 저녁 지는 해를 바라보기 위해
우리 동네까지 자전거를 타고 오는
어떤 남학생을 아주 잠시지만
좋아했던 적이 있다
어쩌면 내가 좋아한 건
선이 굵은 한 남자의 가슴에서 지는 해의
적요함이었는지도 모른다고 생각하면서
유리를 닦는다

햇살 맑은 오후에 가만가만
유리를 닦는다
멀리 중세풍의 고딕 성당 너머
나지막한 구릉을 지나 이제 곧
하늘은 붉어지리니
더 많은 외로움을 담기 위해
창가에 서면
나도 누군가에게로 향한 드넓은 창이 되고 싶었다
얼룩을 지워주며
선연히 아름다운 풍경이고 싶었다

가을

들꽃이 가득 핀 가을 들판에서 개양귀비와 수레국화를 꺾었다 어느 기교파 시인의 말대로 가을은 트럼펫 소리로 빈 들을 덮어오고 바람이 많은 툴루즈의 가을 내내 밤마다 피레네산맥을 넘어온 초현실주의 유령들이 창밖을 서성이다 갔다 뜨거웠던 여름의 흔적을 그리다 사라진 젊은 화가에게서 불현듯 전사통지서가 날아오고 오늘도 요절하기 위해 태어나는 짧은 햇살이여, 변방엔 흰 들국화만 무성하여 짧았지만 찬란한 그대 아름다움을 애도하는가 나 또한 관통하는 저 햇살의 총알을 피하지 못했으니 몸을 여윈 마음은 가을 들판에서 소복을 입는다

켄터키 프라이드 치킨

켄터키 옛집에 햇빛 비치어/어린 날/검둥이 시절

『톰 아저씨의 오두막』을 읽으며
삶은, 목화밭에서 이글대며 익는 성난 눈빛과
얇은 살얼음을 밟고 도망치던 노예들의 탈주 같은 것
이라고
어슴푸레하게 깨우치며 벅차 하던
내 어린 시절의 켄터키 옛집을
종로에서 다시 만난다

고된 노역의 여름
날 선 식칼로 목을 따고
털을 뽑을 때까지도
살아 있던 닭의 꿈틀거림처럼
섬뜩하게 냉방 완비된
켄터키 옛집으로
지글지글 끓는 기름에 온몸 데이며
노예들이 족쇄를 차고
줄줄이 들어가고 있었다

어떤 하루

잘못 걸린 전화를 받고 잠을 깨다 누가 멀리서 지젤 하고 부른다 지젤 그녀는 누구였을까 다급하고 나직한 한 남자의 목소리가 끊어진다 〈백조의 호수〉에서 춤을 추던 흰 토슈즈의 발끝으로 가볍게 무대 뒤로 사라지는 지젤 그리고 다시 안개가 자욱한 도시의 길고 긴 몽파르나스 지하철역에서 다른 지하철을 바꿔 탈 때에도 누가 뒤에서 꼭 나를 부르는 것 같아 뒤돌아보았다 언니라고 한 것 같기도 하고 잠결에 듣던 지젤이라는 이름 같기도 한 생각의 혼선 누가 어디서 나 대신 내 삶을 살고 내가 여기서 남의 삶을 연기하고 있다는, 출구를 잘못 찾아 오던 길을 되짚어 가다가도 누가 나도 모르는 내 이름을 애절하게 부르는 것 같아 자주 걸음을 멈췄다

세한도

내 생애는 끝내
쓸쓸한 지붕 없고 그 안에
찬바람을 듣는 두 귀만 밝아
들판에 가득한 달빛을 문풍지에 담는다

무너진 세월의 고랑 사이
추억처럼 흰 눈이 내리는 날
인적 없는 마음에 불을 지피고
담담한 먹빛 풀어
유배의 밤은 물들고
언뜻언뜻 끊어졌다 이어지는
시린 눈발 끝에 고개 숙인
나는 늙은 소나무

나도 한때는 저 마을의 불빛을 그리워했으리
해소 기침 밭은 숨 몰아쉬며
누군들 가고 싶지 않았으랴
한 시절 꾸던 꿈과
제주 앞바다를 솟구치던 파도 잠재운 뒤
흰 화선지에 한 획씩 더해가는
젊지 않은 나이도 고마우이

나이 들어 눈 대신 밝아진 마음 하나로 심지 돋우고
밤새 난초를 치다보면

하나둘 꽃망울로 맺히는 그리움도
이젠 아름다우니
이 마음 먼 물길을 건너
뭍을 오를 때엔 이미
환하게 꽃피어 있으리

황하

하룻밤에 황하를 아홉 번 건넜다는
박지원이 밤새 강을 오가며
다스리려 한 건 드넓은 강이었을까
한줌 마음이었을까
스스로 강의 바닥에 닿을 때까지
소용돌이치는 물살에 잠시 눈과 귀를 던져버리고 나면
세상의 솔바람은 푸르르고
황하, 그 깊은 바닥까지 환해지리니
강은 거침없이 저 흐를 대로 흐르고
차 끓이는 소리 청정하여 홀로
강을 건넜다 한다

꿈

꿈에 돌아가신 아버지가 보이고 나면
어김없이 아프다
아버지 왜 이렇게 먼 곳까지 오셨어요
아버지의 쓸쓸한 생애는
부산 근교 함경남도 단천 동산에 묻히셨어요
얘야, 고향도 떠나왔는데 어딘들 못 가겠느냐

꿈을 불어로 꾼 날은 슬프다
다시는 시를 못 쓸 것 같다는 생각이 든다
아픈 꿈의 머리맡에서 누가
이마를 짚어주는 듯했는데
밥 많이 먹으라는 언니의
안부 전화가 걸려왔다

4부

저물녘

살아갈 날들보다
살아온 날들이
막막해질 때면
저무는 강둑에 서서
해가 지듯, 저물어 아름다운 세상에서
온갖 스러지는 것들의 고요한
아름다움에 대해 생각해본다

내 안이 비었으니
내게 와 머무는 저녁
강은 낮은 곳으로 흐르고
적요한 세상의 가슴을 적시며
나도 강처럼 흘러
어디엔가 닿아 있으리라 생각했던 적도 있었다

달맞이꽃이 드문드문 필 무렵 나는
적막의 푸르른 빛깔과
막막한 하늘을 집으로 삼고
서둘러 돌아가는 새들에 대해
아주 오랫동안 생각했다

꼭 그런 것 같지는 않은데

상수리나무 곁에 서면
예전 다방에서 듣던 플루트 소리로
안개가 밀려오고
그쪽에서 너는 상수리나무 그림자를 파고 있었다

창가에 서면
러시아워에 붙들려 빠져나오려는
가을 햇살의 몸부림으로
상수리나무 몇 그루의 흔들림으로
다가오는 네가 보인다
조금씩 엷어져 이제는 투명해진
하느님 속살의 반짝이는 살비늘이 보인다
그리고
서로를 밀어버려 구름 하나 남지 않은
하늘도 보인다

하늘 깊은 곳에서 새 한 마리가
길게 노을을 끌며
바람 부는 쪽으로 날아간다
꼭 그런 것 같지는 않은데
사랑은 상수리나무 몇 그루의 흔들림으로 시작되어
새 깃털에 묻은 잿빛의 무게만큼
깊어지는 것인지
이상도 해라

네 곁에 서면
스스로에 갇혀 미로에 접어드는
플루트 음색의 안개가 보였다
그쯤에서 너는 상수리나무 그림자를 접어들고
떠나고 있었다

꼭 그런 것 같지는 않은데
가끔은 네가 보고 싶어
고개 숙이는 가을의 목덜미쯤에서
나는 기다리기로 한다

노래에 대하여

망자가 이승을 하직하기 위한 마지막 의식이
생전에 즐겨 부르던 노래를 부르는 것임을
오구굿을 보며 처음 알았다
밤새 웃기고 울리던 굿은 창이 번할 무렵
마지막 채비를 하고
넋은 돌아와 핏줄의 몸에 실려
노래를 부른다

발길을/돌리려고/바람 부는 대로/걸어도
돌아서지/않는 것은/미련인가/아쉬움인가

오십 평생 결혼식과 주민등록
단 두 장의 사진을 남겼다는 어부의
노래는, 마지막 노래는
살아 있는 모든 이를 울리고
거친 바다로 떠나는데

우리도 초라한 생애의 돛을 달고
유행가 한 자락에 목이 잠긴다

바다로 떠난 사람이 바다로 돌아오듯
나 여기 살아 있어 부르는 노래는
살기 위한 노래는
죽음이 떠난 바다에

죽은 자가 아닌 산 자의 노래로
잠든 마을 입새에 들어설까

비가 내리는 몇 가지 풍경

*

흰 편지지에 쓴 잉크 글씨가 번진다

내용을 읽을 수 없는 편지가 온다

**

미모사라는 식물이 있다
작은 풀 같은 이 식물은
제 몸에 무엇이라도 닿으면
몸을 바르르 떨면서 움츠러든다

오늘 내가 미모사처럼 떨린다

***

손가락이 움직일 때마다
건반에서 빗방울이 굴러떨어진다
나뭇잎이 몸을 둥글게 말아올려
그 빗방울을 받는다

****

풀잎이 긴 혓바닥을 내밀어
빗물을 빨아들이자
후끈 달아오른 흙이 더운 입김을 토한다
저 꽃들, 더욱 붉어지리라

*****

누가 유리창을 두드린다
창을 열면
흐린 하늘을 배경으로
네게로 번져가던 내 마음이
혼자 돌아와
비를 맞고 있다

감기

어느 날 그대 감기로 누워
고열과 두통으로 뒤척일 때
소리 없이 늦가을 햇살은 저물고
깊어진 그대 병과 시름의
한 계절이 가고, 떠나는 계절의
여윈 등줄기에서 떨어지는 낙엽
자주 목이 메던 기억과
잦아드는 온몸의 가벼운 떨림 속에서
아직 아물지 않은 상처의 깊디깊은 통증을
그대 참아내며 이겨내며
식은땀 흘린 뒤 일어나야 할 시간
찬바람은 불어와 마른 갈대도 눕는 저물녘
창을 열며 누가 그대에게
돌아오는 계절의 청명한 하늘을
약속할 수 있으랴
단지 뒤척임과 뒤척임 사이
목마름과 목마름 사이
소리 없이 한 계절이 가고
또 한 계절이 오는
이 환절기에

우기

그가 군청색 물감이 흠뻑 밴 붓을 쓰윽 문지르자 어둔 하늘에서 후득후득 빗방울이 떨어진다 창밖의 키 큰 나무는 시시각각 변하는 비바람의 방향을 알려준다 폭우의 예감은 오래전부터 있었다 어떤 사람은 거북이의 등을 보고 자신의 운명을 읽었고 어떤 사람은 하늘의 별자리를 따라 예정된 길로 사라졌다 창밖의 키 큰 나무 외에는 아무도 그의 삶을 주시하지 않으므로 그는 퍼스널 컴퓨터의 전원을 켜고 하루를 입력한다 하루의 파고를 기록하며 누군가 그의 화폭에서 폭풍의 흔적을 읽고 가기를 바란다 그가 건너온 강의 깊이, 수심 깊은 곳에서 건져낸 어두운 푸른빛을 사람들은 허공이라고도 하고 공허라고도 한다 그것은 그가 힘겹게 뚫고 온 폭우의 젊은 시절 같은 것이었을까 번개를 동반한 비바람 사이 선명하게 나타났다 사라진 사랑과 다시는 발 딛지 못할, 아니 발 딛고 싶지 않은 격류가 젊음이었다고 그는 적는다 자정 넘어 주전자에 앙금처럼 가라앉던 어떤 생애의 흐릿한 기억 휘저으며 그리고 아직 다 토해내지 못해 불편한 등을 두드리며 비가 내린다 이제 폭우가 쏟아지는 하늘에 아무도 별을 그려넣지는 못하리라 밤새 저 나무를 흔드는 바람결과 그의 슬픈 군청색은 쉽게 기록되지 않는다 그가 붓을 놓자 완성되지 않은 어둠이 화폭을 덮고 그는 자신의 군청색 속으로 깊이 잠수해 들어간다.

마지막 가을

꽃이 제 가슴에 총을 겨누고 바람 부는 쪽으로 고개를 돌린다 어느 해 가을 실향민 면민회에서 돌아가신 아버지 연배의 노인들이 일제히 북쪽을 향해 묵념을 하듯 꽃도 제 아픔의 근원을 마지막으로 보고 싶었던 게다 잠시 무거운 침묵 뒤 총성이 울렸던가 꽃대궁이 부르르 떨린다 핏기 잃은 꽃잎들이 가슴에 손을 얹고 상처를 어루만지다 긴 신음을 삼키며 아주 천천히 한 잎씩 퇴락한 늦가을 뜨락 위로 떨어져내린다 머지않아 다른 흙이 그 위를 덮으리라 감나무 위에서 숨죽여 이 광경을 지켜본 새 한 마리가 푸드득 깃을 친다 새는 이렇게 몸서리치는 게다 그들의 슬픈 최후를 증언할 이 지상의 유일한 증인이므로.

밤의 산책

길 양편의 가로수들이 일렬종대로 서서 나를 내려다본다 나는 국민학교 시절에 초 칠한 복도를 걷듯이 뒤꿈치를 들고 살며시 걷는다 바람이 스치는가 했는데 나무 하나가 흔들리자 모든 나무가 고개를 한 방향으로 돌리고 기립박수를 친다 드디어 밤이 온 것이다! 밤의 모습을 제대로 본 사람은 아무도 없으나 밤의 심장은 매우 천천히 뛰며 긴 숨을 내쉴 때마다 둥글고 완만한 능선의 모래언덕이 한없이 펼쳐졌다 흩어진다고 한다 내가 가만히 서서 밤의 맥박 소리에 귀를 기울이는 동안 모래는 내 발밑에 쌓여 서서히 내 온몸이 따스한 모래 속에 잠겨들고 내 머리카락이 밤의 가늘고 긴 섬망에 감기기 시작할 때 멀리서 낙타를 탄 대상의 방울 소리가 들려왔다 수없이 많은 밤을 건너온 그들은 말이 없고 대상의 뒤를 따라 천천히 걷는 내 어깨 위로 별 하나가 떨어져내린다 어느 해 여름엔가 죽었다는 이름도 아슴한 내 소꿉동무의 별이다 별 하나가 뒤척이자 하늘의 모든 별이 우수수 쏟아진다 떨어진 별들은 바삭바삭하다 성탄절 트리처럼 반짝거리는 별들을 온몸에 달고 나는 사막을 건너 집으로 돌아온다 비로소 나는 불 켜진 창이 된 것이다

내 낡은 구두에게 바치는 시

아직 더 닳아질 마음이 남아 있구나
갈 만큼 갔다고 생각했는데
못다 간 마음은 낡은 구두 속에서
거친 숨결을 고르고
내가 밟은 길들이 등뒤에서 나를 감아온다

내 발에 잘 맞는 구두일수록
나와의 은밀한 기억을 즐기고
내가 잠시 머물던 차양 낮은 골목골목에
머리를 맞대어 피던 채송화 봉숭아 같은 키 작은 꽃들
주머니마다 씨앗을 가득 채우며
다음해 봄날을 예감하고 있는지
벗어놓은 내 구두 속에서는
가끔 마른풀 냄새와 바람 소리가 났다

긴 그림자를 드리우고
내가 가면 비로소 길이 되던
그런 날들도 있었다
구두는 내 그림자 뒤에 발자국을 새기며
아파오던 발가락의 추억을
아주 오랫동안 간직하고 있는지
어느새 내 발 모양을 그대로 닮아 있고

텅 빈 구두를 보면 한없이 적막해지는 날에

우리는 길이 아닌 곳에서도 자주
개망초꽃처럼 하얗게 흔들리다 돌아오곤 했다

함께 닳아 초라해진
내 낡은 구두를 신고
나는 가지 않은 곳이 없었다

달빛

기차는 늘 마지막 순간에
기적을 울리며 지나가고
아슬아슬하게 피해 가며
지켜온 목숨, 아직 살아 있구나
흔적을 남기는 일보다 흔적을 지우는 일이
이렇게 힘들 줄이야
달빛에 흔들리는 내 그림자

입관식

버리고 가야 할 것이 너무 많다
이제는 눈을 감자
베개에 머리를 반듯이 누이고
발을 가지런히 모은다
오늘도 나는 얼마나 내 밖에서 서성댔던가
쓸개를 빼고 뇌수를 흘리며

바람은 내 기억의 끝에서 불어와
불을 끄고
고통의 끈이 나를 묶는다
그리고 나는 듣는다
잠든 내 머리맡에서
누군가 내 무덤을 파는 소리를

첫눈

전단이 뿌려진다
가슴속 묻어둔 사랑의 말이 많아
깊은 밤 수없이 고쳐 쓴
연서가 날아온다
오늘 저녁 살아 있는
모든 것의 이름으로 서명을 하고
사랑한다, 사랑한다
귓속말하며
가슴에 사연 빽빽이 적은
전단이 쏟아진다

도처에
길이 막힌다

꽃다지

그리워도 뒤돌아보지 말자
눈물 삼키며 떠나던 내 고향 언덕길에 핀 꽃다지

나 오늘
컴컴한 작은 방에 몸 뒤채일 힘조차 없이
웅크리고 누워
진정으로 그리움이 무언지
사랑이 무언지 알아도
더이상 사랑도 없고 희망도 없이
퀭한 눈 들어 올려다본 낮은 천장에
흔들리며 다시 피어난 내 고향의 꽃다지

문학동네포에지 013

꿈을 불어로 꾼 날은 슬프다

1판 1쇄 발행 1995년 11월 11일
2판 1쇄 발행 2021년 3월 30일

지은이—염명순
책임편집—유성원
편집—김민정 김필균 김동휘 송원경
표지 디자인—이기준 김이정
본문 디자인—유현아
마케팅—정민호 김도윤 최원석
홍보—김희숙 김상만 함유지 김현지 이소정 이미희 박지원
제작—강신은 김동욱 임현식
제작처—영신사

펴낸곳—(주)문학동네
펴낸이—염현숙
출판등록—1993년 10월 22일 제406-2003-000045호
주소—10881 경기도 파주시 회동길 210
전자우편—editor@munhak.com
대표전화—031-955-8888 / 팩스—031-955-8855
문의전화—031-955-3570(마케팅), 031-955-8865(편집)
문학동네카페—cafe.naver.com/mhdn
트위터—@munhakdongne
북클럽문학동네—bookclubmunhak.com

ISBN 978-89-546-7773-8 03810

www.munhak.com

문학동네